長沙府嶽麓志卷之四

大中丞丁泰巖先生鑒定

郡丞山陰趙　寧纂修

藝文

世之有文章猶星漢經天川岳緯地不朽之盛事也岳麓名勝先儒既多芳躅二氏亦有靈蹤昔賢之經其地者莫不有珠璣金石之遺焉況乎岣嶁一碑且爲漢唐人所不及見垂至今日豈非星漢川岳所共不朽者乎茲本舊志更加博採自唐宋以迄

昭代諸所作者聞見所及悉爲編次各以類分爾禹碑則特冠於首昭聖謨也昔司馬遷作史記亟欲藏之名山而二酉亦爲周穆王藏書之所雖龍纏虎匝當與嶽秀湘靈并永也作藝文志

嶽麓山启辟禹碑

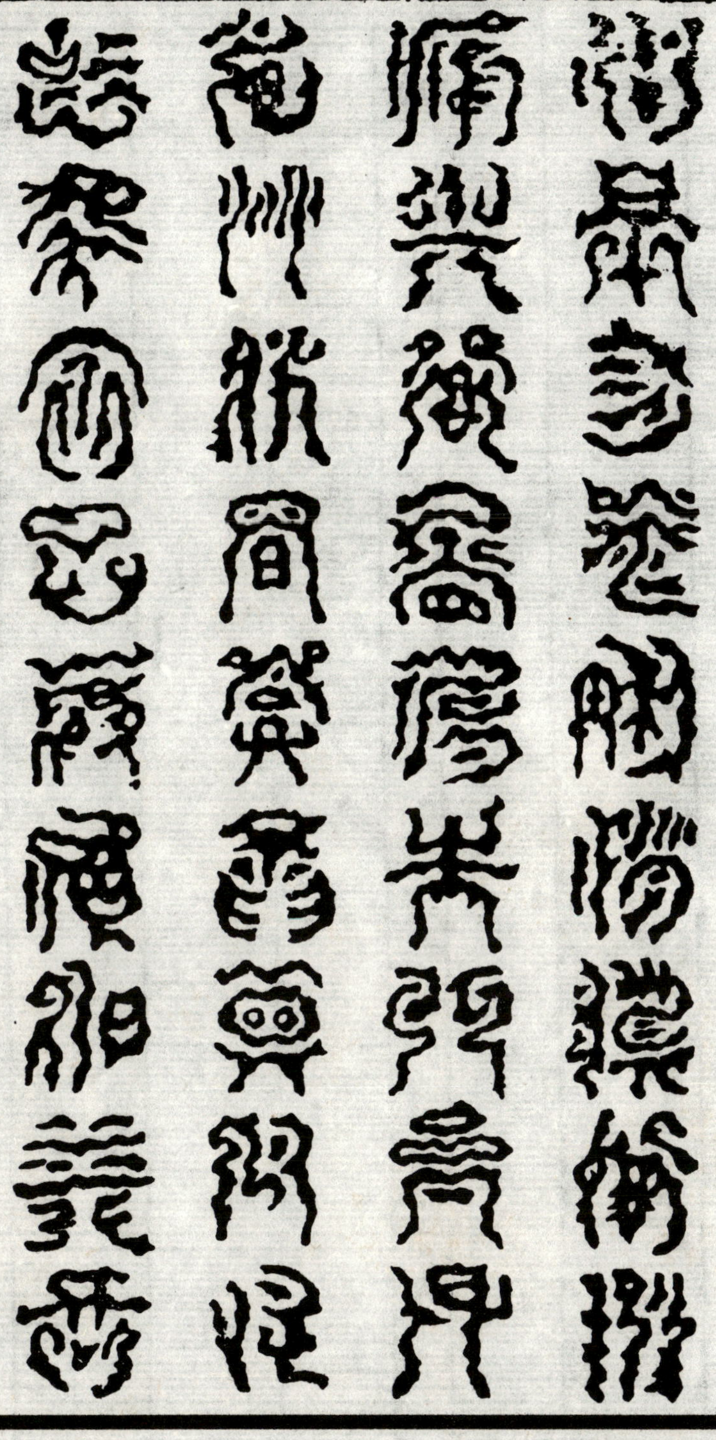

會稽祁曜徵摹

外內新寧鄉山

譯註辨跋

禹碑譯文　　　明　新都楊慎識

承帝曰咨翼輔佐卿洲渚與登鳥獸之門參身洪流而明發爾興久旅忘家宿嶽麓庭智營形折心罔弗辰往來平定華嶽泰衡宗疏事裒勞餘伸禋鬱塞昏徒南瀆衍亨衣制食備萬國其寧竄舞永奔

又譯文　　　明　靖陽沈鎰識

承帝曰咨翼輔佐卿水處與登鳥獸之門參身洪

流而明發爾興以此忘家宿嶽麓庭智營形折心罔弗辰往來平定華嶽泰衡宗疏事裒勞餘伸禋鬱塞昏徒南暴昌言衣制食備萬國其寧鼠舞蒸奔

釋義　沈註

禹夏之神人名文命顓頊之後鯀之子舜之臣也禹承舜帝命已曰嗟者言可嗟歎之事下文水患是也舜言禹乃我馮翼輔佐之卿所當與同憂者今水懷山襄陵九州一壑是所處者皆

在水中與所登者皆鳥獸所登之門何異參身於魚池之中即劉子言微禹吾其魚之意此皆爲可嗟之事也因戒禹當明發不寐早夜興起以除此害以上述舜命禹之詞於是禹承此命乃急於救民故三過其門不入八年於外不歸以此忘家而來宿於嶽麓之庭也是以勞心焦思則智營矣手胼足胝則形折矣辰時也是也言此心無時不在於是必欲往求天下之平定而後已所以華嶽泰衡之名山無處不到也宗

主也疏導也事治水之事也裒聚也言所舉疏導之事雖則聚於一身然山川之神柴望之禮不可不舉故於勞苦之餘亦當少伸禋祀之誠也嬴水之克斥處也塞水之壅遏處也昏下民昏墊者也今此三者之害既徙是險阻既違則水患除矣於是南荒之地始可以暴其昌言以淑諸民性即詩陳常于時夏之意使之衣有所制食有所備不致有祈寒阻饑焉而萬國以之咸寧矣求言鼠乃昆蟲之細其性穴處而惡濕

今水患既除則得以安於穴處衆鼠亦知樂舞而各有所奔投無復昔日溺沒之患矣即鳥獸咸若百獸率舞之意必言鼠者據時所見而言蓋鼠雖至微亦有所處而樂則大者可知矣亦禹貢言陽鳥攸居之意也初鑑得此刻也夜焚香而祝曰神禹聖人也如其有靈也俾某識之兆諸夢焉是夜夢有一長人挈一古鉼授鑑其色黃其高尺許上方下圓腹外有金環者四其口旁橫書三字曰某官造下有篆文悉如龍蛇

草木之形窮而忽首一字及旦起誦碑文恍若素識不勞深索因竊竊註釋以志之非敢自欺以欺人也

明 南昌楊時喬識

釋文

承帝令襄翼爲援弼二句四字讀欽塗陞登島渴端鄉邑三句二字讀仔篚流船暗歎遲眠即凤迄冬次嶽麓展音田陷裂嶽析踯音教罔墜纏往求出竅華恒泰衡萬陘事哀獻捊挺禋𤯈濟蟄徙南暴幅員節削界𦘴魑魅夔魍贏舞蒸犇十五句四字讀

釋義楊詁

大禹言承帝舜令襲父鯀治水之任汝翼汝爲汝援汝弼于時欽哉首于起塗行陸以冀州帝都嵩先者登海中山島海治鹵潟荒度其治之之事其序發始於一鄉既而各邑卽書敷土隨山刊木奠高山大川者以一日言日初子刻登次順流之船卽書乘四載者日落昏刻乃暮夜過期乃服以一歲言作速於早歲竟業於歲終卽書娶於塗山辛壬癸甲啟呱呱而泣予弗子者以四方言次南嶽山麓而止佳得其山水南北條境導之則見大白澤傾壞高平岡崩折卽書湯湯洪水方割蕩蕩懷山襄陵浩浩滔天黍逆行泛濫於中國蛇龍居之民無所定者民被患害舉聲大叫卽書下民昏墊下民其咨者下者卽地阜爲巢上者卽山巔爲營荷有通明處棲寓焉將以爲民除此患胼手胝足而往爲圖謀去乎竅總自西嶽華山北嶽恒山東嶽泰山南嶽衡山中嶽嵩山周遊盡處無一不到平治

事始用集成即孟子掘地注之海驅蛇龍放之
菹水由地中行險阻既遠鳥獸害人者消然後
人得平土而居中國可得而食者於是爲鼎鬲
以民間耕種所得谷粟去皮取實蒸捧祭告報
成於上帝即書曁益奏庶鮮食稷奏庶艱食鮮
食懋遷有無化居烝民乃粒者從茲名山大世
凡洪漲處爲水石所壅遏欝未舒者皆疏導之
巖崖所墜下墊未平者皆徙去之即書萬邦作
乂者此後凡南方日照明盛之地風聲文命政

令皆曁以車輹轉運財賦達於帝都即書六府
孔修庶土交正慎財賦咸則三壤成賦中邦五
百里甸侯綏要荒五服所謂因地制宜明經理
以通貢道者也又節制制辨分爲經界合而疆
聯即書弼成五服至於五千州十有二師外薄
四海咸建五長所謂辨方正位定疆域以奠民
居者也尚以衡山外素稱鬼方火金惟爲魑草
木惟爲魍土石惟爲夔山澤惟爲魎凡能爲氛
祲爲災害爲妖孽者皆驅逐之其形逃匿一參

一差相比而遠去潛消之其火蜉蝣倏發倏熄消滅而至盡無復爲民物患則荒榛幽晴之地盡闢即書山川鬼神爾莫不寧鳥獸魚鱉咸若地平天成者是也當八年於外三過其門而不入今將玄圭告成之時書此碑以紀成功以鎭鬼怍即書南暨吳越春秋所謂安山治水之紀是也又古聖人爲文皆韻碑七十七字凡二段首段五句前二句句四字後三句句三字以襲弼渴邑爲韻五从聲次段自仔麓至末十五句句四字以船眠展纏衡禋員聯彝爲韻九平聲

所謂律律即韻韻即歌歌即書九功惟敘九敘惟歌勸之以九歌俾勿壞者是也大旨即書儆戒毋虐毋若丹朱傲予思日孜孜六府三事允治諸韋同意乃書存此獨未錄今讀之則尊君命益爻懲敬天享神安民阜物錫貢奠居除惟開荒中外咸歸一統而兢業儆戒憂勤惕厲之心保治圖安之政無一念一刻不在於民乃若文詞精卓聲調和諧敘事豐贍即書懋德嘉績

昌言汝惟不矜不伐天下莫與爭功爭能者可
槩見焉萬古思禹功者觀河洛又觀此碑乃知
古帝王御世平治艱難後世願治之君志學之
士時爲誦讀爲箴規不得以山水遊玩文詞字
畫參視之焉即所碑於治學者巨也

禹碑辨

吳道行

攷吳越春秋載禹登衡山夢蒼水使者授金簡玉字之書得治水之要刻石山之高處禹碑所從來矣歷千百年無傳者道士偶見之韓文公劉禹錫槩之不得致形之詩詞宋嘉定初何子一遊南嶽遇樵者導引至碑所始摹其本過長沙轉刻之嶽麓山頂隱秘文四百年至於國朝嘉靖初潘太守搜得之剔土搨傳朝野始獲睹虞夏之書故湛甘泉一見亟稱篆法奇古雖深於古篆者僅能辨一二字不可識其中所云深信爲禹筆獨帝禹刻三字則宋人所題耳顧東橋則謂禹精於水今篆體皆流水形其爲禹筆無疑但衡石疎厲碑必剝落或亦宋人流傳搨本耳蒲陽林興峰則謂字畫奇古非秦漢一體文字雖石鼓文原父鼎器銘且讓焉然古文自漢知者已稀其義失傳未詳何謂季彭山亦謂別有隱義未可知惟足楊升菴沈靖陽各有譯義乃蔡季二公隨執譯義力辨其非禹筆余嘗細玩碑刻反覆古今詩詞序論益信爲禹筆

無疑竊恠譯詞之誤適以開反古者之疑局故辨之者合宜議譯詞之誤不應泥譯詞而疑非禹之碑試即以後人所疑者辨之而猶覺所疑之非也據蔡公以衡嶽志載禹碑二岣嶁雲密子一傳本後稱碧雲屺非子一之言乃張光叔代敘耳其非一又以勒石見德禹所深戒古人祭告則有之登封鐫石則未季公亦以周穆王宣王始有石刻攷白虎通載禹與周成王封泰山禪會稽首祉勒石蓋王者受命必封山增高也禪者增厚也刻石紀

號著已功績也又何以必禹之不勒石也其非二蔡又以碑勒自禹嶽麓名自宋徽夫嶽麓之名自宋眞宗時賜額載在綱鑑長篇及南軒諸記而以爲敬宗則嶽麓舊志引衡嶽志所傳而未之深攷也其非三且謂韓公索之不得歐趙朱深於博古者皆未見而疑道士之見子一之傳爲誑湛甘泉所云宇宙神物固當天寶地藏藏久則必復見安知道士樵者非山靈異人而使之見者也況原碑在深山窮谷荆莽沙土迷覆已久搜之人又安肯

大禹碑跋

江有溶 谷尚 郡人

按張光叔遊宦紀聞述宋嘉定壬申何賢良子一得禹碑於岣嶁峰何過長沙遂摹刻於嶽麓書院後巨石此禹碑至於長沙之始也然前此碑在岣嶁時今千餘歲未有傳者至唐中年韓文公始述道士所見形之於詩此道士現身說法非人間羽流可知迄文公搜尋此碑千索萬索竟不得見故其詩曰事嚴跡閟蓋知其爲神物也自岣嶁有此碑僅一道士見之告之文公文公不得見留此一

詩爲千載後人眼目知此碑有必出見之日也由唐迄宋經數百年何子一摹刻之後碑仍隱秘歷宋元明又數百年至明嘉靖癸巳郡守潘公疊峰因樵子傳播披榛剔蘚榻傳世間而長沙鄉賢熊公元性夙號淹博於藝林中拈出張光叔遊宦紀聞一則然後禹碑來歷確有攷據海內爭奉爲神物矣溶故曰道士也韓文公也何子一也張光叔也潘疊峰也熊元性也皆禹碑功臣也今觀刻禹碑石破礦特甚何以經久不滅又碑在岣嶁何以

嚴閟不傳在嶽麓則傳善乎湛甘泉云宇宙內神
物天寶而地藏之藏久則必復見顧東橋云禹精
於水其篆體皆流水形昔之人所以讚揚闡發者
至矣若其譯義則有楊升菴沈靖陽楊時喬三家
未知孰當今皆尊信升菴譯文併禹碑歌以備攷
云

賦

嶽麓賦

明　吳道行

嶽胎靈於赤煒兮爚南極以奠朱陵銓物彙而挺駛兮壓九面而踞湘濱亭洪秀以干霄兮丹崖玉劍簇嵐靄而迴合兮青嶂鱗層胠金牛兮啓玉屏天馬花兮橋洲襟雲母燦兮瑛瑩圭峰揷兮黃金貽陵笏卓兮紫蓋焰霧熏湖灝漭兮靳江洞泓昏墊疏平成奏擁雲門開雪竇染絳霞爽紫岫曇錫飛兮曺溪九還抱兮勾漏士築清兮帷薛載張幌兮廬筵粵惟宋代封肇文昌光耀六幽表正朱張餙蓀璧兮椒舍和蘭橑兮葯房森栢幹兮松櫺洗竹苞兮枏芳浚湘蔚岳驛驛檑檑紛綸紹繹我明惟皇高喆霞茂絕熠雲翔靜一流競名登于堂浯流新綠好青自山古懷罔覿來思徬徨索遺仰紫陽之蹟揚微湘百泉之芳吁嗟乎書闕簡脫昔王所閔得見君子闕里所欣而乃閣翼翼堂振振俶疇鼓而奮拔茲胡拂而纖淪詩幽州之歌誦山陰之文一觴一咏獨有感於斯亭夫日光旦開月華

夕被生生至聖之容抑抑大賢之配清風發卷帙
之香碑石著聽瞻之畏莫隱惟昭莫尊而麗漢史
觀堂而動心唐元經魯而與喟其不足振素懷兮
俯仰孚擺起乎絕𪊍耶首重播兮赫曦衣載振兮
翠微濾石火兮洞虛疑仙鼯兮襲肌望搜册兮痕
異信禹績兮孔巍篆元秘兮嵐碣鬼青赤兮莫窺虹光
遹豎黛影橫彌江流綠白驅駛萍蒯漁竿蛉黝欸
乃歌岐氣鬱葱兮四遠色嫵明兮陸離渺世界之
廣誕森萬象其葳蕤削傾崖以千尺展石茵而托

枝望衡遥集拜者不疑矚烟雲兮映發礁鐘磬兮
參差閣嵋寺嶱兮互答臺阿宮巘兮競奇疑泉憶鶴
訪絕追題風湧嶼峽蘭放渭溪石鑿鑿兮白激谷
匆匆兮青披幼竹洗雨花微古香若吹仙子如歸
射臺庚而武寂道鄉兔而文弛振淪咼既擁勝倩
移或山而勢或水而招或石而競或林而挑如逢
佳士如挹故交牧詠猶兮嵐步襟隱見兮雨郊或
睚如冬或妝如秋叶七遙切或夏如滴或春如笑叶思邀切
若乃邑邑兮日遲聲聲兮風惠書帶湧兮波香文

章燦兮生意石頹被兮煙鬟水簾靜兮月姊華吉
畱沙萊芝絡地老僧箕踞乎泉英甘人澹艷而春
醉狂燕耕泥聽太平之列從喜鶯坐栁囀風流之
鼓吹春之春也林酡亞水笑翠濕衣煖催艷而如
熾雲交峯而亂奇湍響崖懸恍惚冰帷水帛松陰
天笑優俙果氣梅時春之夏也葩韻枝峯鶯桂魂
之忽瞥紅然蔓嶂疑霜葉之初明雅標宜月罕徑
屯雲荼糵擷兮陰曉竹鞭行而時成回雁遺聲乎
遠浦竄猿厲響於峨更春之秋也堤巘巘而飛梨

舞霜亂絮水潸潸而懷橘幻雪蓮沙危石斜紛童
嶺峙支離之叟草苞盤踞老山橫倩治之華濤振
兮鳥夜雨沸兮人遐想知兮泉栗閟擁兮霧斜春
之冬也月歸鐘曉幽光凝崖露發花辰香心纖臺
既萬籟之猶寂亦衆情之未闌春朝之暮也炤回
赤岸朝霞夕瞯明湧寒池游漁戲波發棲烟于邃
谷動宿鳥之酣歌春暮之朝也地偏自遠心罔弗
辰舟旋委化磬折隨寧重爲系曰噩風引兮天際
賁兮碧漢騁兮九逵瞬兮厥秘敞而待兮罔有傑

弗靈兮倚蓋坦而禪兮扶輿礴而迴兮乃如之人
兮參兩而準兮

嶽麓書院賦　　查昇

衡嶽綿亘八百里蜿蟺扶輿磅礴鬱積硎於吕黎每讀其文輒爲神往丁卯四月既望旅客星沙遥見隔江嶽麓羣峯疊秀林木蓊翳浮在飛甍若隱若見則朱張二夫子書院在焉夫湖南當兵燹之後都屋仳離哀鴻遍野自

大中丞丁公鎭撫其地勞來安集旣養且教不三年而百堵皆作熙攘駢蕃衮衣章甫之歌洋溢楚甸而　方伯黄公　廉使柴公　觀察趙公寅亮協和誠求保赤多士聿興絃歌盈耳乃重葺嶽麓書院集四方學者與三楚之秀士講習其中而董率鼓舞庀材給廩則　趙司馬　王別駕二公之力居多維時

聖天子崇儒右文　允大中丞所請

御書學達性天四字

欽命中書二員齎捧而至懸之日有職拜瞻劍珮森列烝徒氓隸環觀者以千萬計煌煌乎振振乎洵

王制之巨麗而希覯之盛典也昇浙汜儒生得與觀
光乃作斯賦以歌事述情焉其詞曰
維熊繹之舊封奄南天而域軫控三巴與兩粵
通六詔於五嶺衡山七十有二峯洞庭三萬六
千頃若夫九疑五溪三湘二酉武陵百折雲夢
八九支分縷貫波委雲屬者咸襲括乎四境焉
伊惟長沙軫旁小星潭州武安唐宋異名俯江
爲濠負山築城雖卑濕之與壁寔險要之殊形
臨高臺而悪予歎屈賈之猶生羌懷才而抱忠
迺讒言之繁興苟數奇而不遇曾今古之異情
升彼西隅元覽遥矚霞舉梟飛連岡含谷書院
有四峙建南北嵩陽睢陽白鹿嶽麓在宋開寶
潭守所築考亭南軒好道信篤淵源濂洛危微
嗣續坐華北而授經樂英才而教育暨韓愈之
居潮邁文翁之治蜀暨
昭代之興齊水火於菽粟原隰殷賑而流膏閭
閻既庶而方穀迨夫逆氛横厲豕突鴟張小醜
弗靖毒流江湘

皇奮神武啟我戎行深入險阻絕其餱糧矢一激而
酋殪築京觀于荆襄嗟黔赤之何辜堆白骨於
戰場起蒼痍而登袵席寄鎖鑰而鞏金湯
帝睠南楚誰其治之僉曰
丁公左右具宜授以節鉞撫我蒸黎民徯來蘇如
雲如霓藹茲三載旋弊扶衰矢精白於一心凜
暮夜於四知哀中澤之劬勞拯焚溺於阽危
帝自天之解澤旣蠲租而賑饑曾歲月之幾何乃丕
變而雍熙爾其佐化承流曰藩曰臬薇堂柏府

心氷函鐵誰筦度支清獻風節大法小廉靖共
正直乃洎守倅允釐庶績撫字用襄蘭繇必黜
旣鞠育而興咻遂侈養而生息比戶可封小子
有造從邁泮宮載色載笑緬昔賢之講壇寖流
風之未遠集師濟爲國楨澤華文於霧豹朝誦
讀而夕絃歌席奇珍而懷異寶詠棫樸於菁莪
咸執經而問道爰歎
明奏虞廷
九重特頒

宸翰舞鳳飛龍並日月而光昭闢造化於鴻濛染玉
块而疏香訝象管之麥空媲岣嶁之豐碑陋飛
白之未工裹藻繡兮雕搖映金鋪兮璇宮多士
浸仁而沐義羣黎昭景而飲醲調風雲於律呂
宴河海於鼓鐘光四表而邁陶唐撫八荒而躋
黃農誠
熙朝之鉅典稀隆古而未逢是日也晷緯昭應山
瀆效靈九莖芝秀五色雲呈纖阿炯晃於綺疏
瑞靄斐亹而絪縕爾乃鑾披薦紳黃童白叟聯
事奉塗駢肩交肘環橋門而觀聽羣呼嵩而拜
手祝
萬壽兮無疆安耕鑿兮歌亂爰有勾越寒鯫觀光恐
後負行笈而從師聽鶯聲而求友誰見賞於夔
餘顧定交於杵臼未得天柱之峯遥望祝融之
岫儼俎豆於羹墻慶遭逢之非偶歌盛治兮年
年頌靈長兮永久歌曰
帝德同天奠與京兮盛烈重光泰階平兮海外服從
式廓增兮越裳九譯貢賮琛兮維楚有才文教

興兮書院仰崇莘羣英兮

龍章天錫寶墨晶兮治隆化洽喜起賡兮髦士投紱

訓風行兮是則是倣鼓瑟琴兮蟾雲就日慶壺

簪兮清寧萬禩一以貞兮

道林寺賦有序

國朝 趙甯作

嶽麓山在長沙城西臨江渚乃衡山七十二峰之足山上下皆置書院舊爲朱張講學處江岸有道林古寺起於六朝盛於唐闢於宋時因紫陽名諸舍人講書其地寺即中頹昔賢詩云此是前朝古書院而今御作梵王家我來登眺不勝慨獨倚東風數落花予明正德間寺尋廢而莫可攷噫今日何日復思門開洞庭之野殿揷赤沙之湖安可得耶余偶

披山徑忽見茅廬鶩異交集爰託篇章賦曰

溯回雁之多奇下絕塵於靈麓峙紫霧以城頭粘白波而江隈頂設岣嶁之碑面引蒼筤之谷想姝異於山林豈人間之可以結屋爰有道林盤紆峰曲一派水流半房山宿香藹涼煙光浮慈燭玉泉之南於斯稱淑爾乃禪風墜地慧日停虛材分四院(舊有湘西城南惜陰嶽麓四院)石落重湖珍珠之僑湮滅琉璃之井荒蕪雁回峰而無塔鹿鄉草以何廚廣殿三千盡化火蓮之宅長廊五百空留氷苣之嶋想

毀祠以正教豈迹墨而歸儒則見雨溜松圍霜摧竹節苔沒梢雲庭飛米雪牛遏法王之驄虎行羅漢之穴翫異獸於人形藏奇鬼於佛闕異哉此寺廢在何年吾聞野老昔最莊妍當梵王之初托甚崔嵬於竺乾紅霜濕鴛鴦之瓦丹星綴蝳蝀之椽盧堂欝樸方丈迴連寶階霜潔綺壁霞鮮念佛之青鳥可聽馱經之白馬翩然且也帶橋洲環楓浦羅八景瞰三川煙鍾互答嚼鼓逄連開崖架亇剝竹流泉對靈花於芷岸收香稟於東田多南朝之

四百八十勝北魏之一萬三千頃乃山花普陀僧來滄海聞持必暑之珠能穿恐辱之鐙傑立孤嶺從修飈靄浴土藏眞詠茅駐彩起寶甃于封巖得殘碑於半壘抗五願以三摩聳孤肩而千載梧麓草之可依何湘竹之非自在噫嘻國遊蒼鼠城托紅鱗降栢之粱燮爲梛榔剪桐之葉入彼桑薪且教傳綺食類涉波何堂姝東觀之製像塗西域之神桑田爲變豈僅玄津昔者客過韋蟾吟憶蒼梧之野遊經韓愈詩傳青草之濱壁上風流分啇杜

老樹間秋色繼響元人覩茲禪剎猶擧朱垠痛古
今之泡影幸題咏之璘句於是古霜柑避火旻花
浮水蓊草刻山茵長齋繡佛開偈爲鄰信逃禪中
另有天地而好靜者絕無冬春不肰搆夢懷新爭
萬里之道反僕僕乎百年之身

風雩亭賦　張栻

眷岳山之囘隩有絃誦之一宮鬱青林兮對起皆絶壁之嶙嶒獨樊牧之往來委榛莽其蒙茸試芟夷而欲視翕衆景之來宗擢連娟之修竹森偃蹇之喬松山靡靡以旁圍谷窈窈而潛通翩兩翼兮前張擁千麾兮後從帶游江之浮綠矗遠岫兮巘空何地靈之久閟昉經始乎令公兆棟宇之弘開列闌楯之周重撫勝槩以獨出信玆山之有逢予揆名而諏義爰遠取於舞雩之風昔洙泗之諸子侍函

丈以從容因聖師之有問各跽陳其所衷獨點也之樂志與二三子兮不同方舍瑟而鏗然諒其樂之素充味所陳之紆餘夫何有于事功盍不忘而不助亦何始而何終於鳶飛而魚躍實天理之中庸覺唐虞之遺烈儼洋洋乎日中爲夫子之所與豈虛言之是崇嗟學子兮念此遡千載以希蹤希驥兮奈何盍務勉乎敬恭審操舍兮斯須凜戒懼兮冥漠防物變之外誘遏氣習之内訌浸私意之剝落自本心之昭融斯昔人之妙旨可實得於予

躬術黠也之所造極顏氏之潑工登斯亭而有感
期用力於無窮

詩　新典恭紀

四月十六日恭紀　丁思孔

運會皇綱振乾坤文教開聲華繼百代道德統三才祿及儒生裔恩從　闕里推遐荒爭奮礪率土慶昭回弱麓荊榛闢書堂制度恢奐輪新　廟貌盼鑾起山畏

翰從天下經函壓乘來龍蛇飛澤國雲錦爛華堂萊昭如日嵩呼響若雷山川增氣象碧落絶氛埃杞梓千章楠之蘭九畹栽微臣慙朽質忝分育羣

材鑪冶從甄鑄章縫就剪裁繪大忌色相望海盜徘徊星漢丹霄迴文章太乙培懷恩知罔極遙上年杯

四月十六日恭紀　趙廷標

閶闔鳳凰翔天下曉光華旦旦卿雲繞萬邦風動樂時雍峻德文忠被四表觀融之位視三公嶽麓叨陪翠秩同上有岣嶁蝌蚪之遺蹟下有瀟湘洙泗之流風流風翳誰續　中丞弘作育書院特重新請經於　天祿　特瑞曾承覲臣言周子諸儒并

推恩至是

親頒 宸翰麗龍鶱鳳翥賁丘園 天文膚藻昭雲

漢甲乙圖書次第燦使星光纏翼軫分岳秀湘霧

更魏煥百寮陪位犇 龍章甄彩如聞

御座香 日月璇題同不朽山川 鼎祚共霧長

四月十六日恭紀二十四韻 趙寧

帝德隆千古 聖風暢八荒纘承兼述作戡定邁成

康偃武干戈戢修文禮樂彰會圖朝萬國鑄鼎冠

三王體道尊宣聖崇儒幸魯鄉垂裳臨俎豆

釋奠益蒸嘗下詔褒恩渥銘碑紀澤長先民悉推及

後裔盡官常在野無遺遯盈庭盛拜颺

聖膺遊翰墨 膚藻富圭璋師表極推重達天特闡

揚 都俞從牧請璀璨啓 龍光嶽麓雖陪位名

儒宣化方壁奎貞翼軫洙泗號瀟湘自古留遺蹟

于今煥講堂 璇題忽罷界山色亦輝煌 筆正

窺精一 文明識熾昌翥鶱昭日月卷帖炳縹緗

是日和風霽遥天瑞彩翔傳呼擁節使奔走秩鴛

行百辟景 問運小臣儀肅將傾都鶩 曠典多

士奮修藏媿之雲璈奏唯賡　天保章
王圖鞏百禩　寶曆永無疆

四月十六日恭紀　王　駿　仲千

古殿新成金碧妝　天書遥映楚雲黄捧來　鸞
詔垂霄漢拜下　龍章走驌驦疎雨偏教旌節潤
景風初帶露荷香小臣荒服賡歌舞盥沐騄車肅
後行

其二

八使分行過岳陽和嶠車上載縹緗雲開五色聞

天語書到三湘映月光俎豆只今典禮重絃歌自
古服官長揉風郢楚瘡痍甚學道猶知生聚忙

欽賜嶽麓書院
御書扁額恭紀二十韻　會稽祁曜徵　朗山

聖代尊儒術名山闢講堂峯巒環嶽麓郡郭鄰瀟
湘建置規模遠流傳歲月長道心追孔孟學術遡
朱張絃誦今還盛鐘鏞舊所藏星躔分翼軫桃李
徧宮墻地毓乾坤秀時當運會昌輿圖增式廓威
武掃欃槍禮樂恢虞夏文明邁漢唐金繩熒景瑞

玉簡啟姝祥　丹詔臨南楚璇題出　尚方淵衷
窺　帝德　睿藻摛奎章想見仙毫動循聞　御
墨香垂天凌鳳翥煥彩壓龍翔縹緲烟霞境昭回
雲日光　九重瞻肅穆百辟奉趨蹌使節來蒼水
頒經下　紫閣士風興薄海　宸翰冠前王萬世
懸銀榜千秋拱玳梁草茅逢鉅典稽首頌無疆

四月十六日恭紀　張維霖

宸章遙下麓峯頭萬衆嵩呼湧碧流道重朱張新
棟宇書傳虞夏刻螭虬金題日粲千秋麗玉瞰雲
龍五色浮好向此中探秘册芸香開處擬龍樓

嶽麓書院二十韻　金德嘉

麗澤今層搆名山舊講堂羹牆依孔孟俎豆肅朱
張衡嶽晴看近江聲夜聽長禹碑傳倒薤宋榭額
吹香開寶垣墉古淳熙丹雘光人材興郡邑道脈
亘滄桑典物元明備科條吳李詳理原圖太極學
總貫程鄉聖代堯文煥賢徧楚甸康　賜書懸嶽
麓　宸翰灑瀟湘使節青楓浦官迎淥水航肅言
敷五教掌故溯三王濟二章繼會彬二俊乂行儒

型蓟鼎彝雅質視珪璋氣直西京上星占北斗旁
燃藜忌漏永把卷覺心臧讀可兼丘索詞應勝景
唐濯纓成朗詠汲井作流觴歲月芸窗静乾坤蘭
圃芳赫曦臺數仞闕里遥相望

恭紀盛典　　羅人琮

楚水洞庭山衡嶽縱横八百均參邐衡峯七十二
嶔崎嶽麓爲足不可學竒鍾秀毓歸山霧至今楚
人猶卓卓朱洞創院貯羣書集徒講誦借二三餘嵩
陽應天白鹿洞遂號四大雄方輿山僧列炬道鄉

至敬夫仲晦爲翦除指數名賢副勝地先代振興
艷觀記胡天戰伐苦不休宫庭頻遭狐貍戲
皇路清平兵氣消　聖主崇文八荒企中丞分陝
廣菁莪崇宏棟宇照熿螺師儒濟二連英傑風規
雅寛劒佩摩珍重　宸翰來閶闔五雲縹緲垂嵯
峨寶笈吏函石渠帙大道常覉中天日吾徒幸近
天子光校書何須問太一文運永並國運降由來
繼離所無逸

四月十六日　　朱前詒

皇輿休哉泰運昌斗垣煥彩騰瑤光
聖主臨軒勤邦治誕敷文教訖遐荒德業久大侔文
武
宸翰揮灑驅鍾王在廷臣儕歌喜起在外節鉞綏邊
疆
天子屢念楚南重特簡仙芝撫沅湘一德一心罔邦
字十忠十漸陳岩廊振興學校播教化重新書院
紹朱張疏請
御書頌嶽麓勒頌垒史名山藏詞臣賫捧馳驛路節

駐星沙犖相望是日晴霞爛如綺昭回雲漢文風
飈學達性天古今秘筆飛翰墨鸞凰翔銀鉤鐵畫
垂隆棟玉粹珠圓炳書梁濟濟冠裳仰璀璨峩峩
縫掖咸趨蹌霜眉乳口訝希覯操觚執戟忻非常
共言宋元迄明季七百餘歲甫丕倡未聞龍椽書
院錫而今彬郁推我
皇稽材何幸側逢盛追隨劍履聆鳴璫此日此時人
共樂一談一笑神俱揚越宿郡中趙司馬雲邀星
使聯鴐行採奇攬勝遐游展賞心騁日恣徜徉亭

勘程箴嚴視聽碑傳李字挾風霜蘭亭禊會猶可
擬道鄉氣節于今亾曲水及泉聯道體日新時習
規文錫興劇肩輿陟淡陝禮貞拜篆登崇岡始識
蝌文七十七夏后書法萬古彰路極意謂盡其景
谷轉峰廻一徑窮斜日半岩開梵宇歸雲擁樹迷
禪房泉水亂侵青草路鐘聲遙度碧蘿牆坐觀山
色于層翠遠挹荷花十里香仁威古殿聳北嶼拜
嶽片石拱南方蕭疎綠竹搖風細蓊蔚蒼松蔭日
長躋巔遐矚長天勢物象虛無海渺茫高山流水

看不盡相攜重上君子堂與余問答各有以撫今
懷古聯斜陽倦飛歸鳥促遊騎共擬乘輿勸紫韁
憾余莞尒舁濕地四載辛勞類楚狂茲山名勝不
一睹終朝漁獵簿書忙豈期今日與嘉讌追陪登
眺春幽芳敬倩穎生譜其事川聯
聖世謨洋洋尚憶
至尊恩汪濊斯文丕顯邁陶唐
四月十六日恭紀　張廷幹
玉牓須仙禁瘠題龍昔賢簪纓百辟會象緯九天

懸文自開昌運人爭集講筵歎乎山谷裡莫不須堯年

禹碑詩

禹碑　唐　韓愈

岣嶁山尖神禹碑字青石赤形模奇科斗拳身薤倒披鸞飄鳳泊拏虎螭事嚴跡祕鬼莫窺道人獨上偶見之我來咨嗟涕漣洏千搜萬索何處有森森綠樹猿猱悲

禹碑　劉禹錫

常聞祝融峯上有神禹銘古石琅玕姿秘文螭虎

形

禹碑歌有引

明　楊慎

禹碑在衡山絕頂韓文公詩云云詳詩語始終公蓋至其地矣未見其碑也所謂青字赤石之形模科斗鸞鳳之點畫述道士口語耳若見之矣發揮稱贊豈在石鼓下哉迨宋朱張同遊南嶽訪求後不獲其後晦翁著韓文考異遂謂衡山實無此碑反以韓詩爲傳聞之誤云再攷六

一集古錄趙明誠金石錄鄭漁仲金石畧之三家者古刻臚列獨不見所謂禹碑者則自昔好古者流得見是刻者亦罕矣碧泉張季文得墨本于楚持以貺予予乃撫卷而嘆曰嗟乎韓公所謂事嚴跡閟鬼莫窺者信乎不肰何三千餘年而完整無泐如此何昝之晦何今之顯晦者何或翳之顯者何或啟之天壽珍物世咸日下者或未必下神物吾嘗不必以生世太晚爲恨也已作禹碑歌以紀之雖孱下之詞不足以影响韓蘋肰闡幽蒐奇繼絶表微固亦二公之雅意乎

神禹碑在岣嶁尖祝融之峰凌朱炎龍晝傍分結搆古螺書匾刻戈鋒銛萬八千丈不可上仙扃靈鑰幽以潛吕黎南遷曾一過紛披芙蓉塞水簾天柱夜瞰星辰下雲堂朝見陽輝暹追尋夏載亦百峻封埋古刻蒼苔豨拳科倒薤形己近鸞飄鳳泊辭何纖墨本流傳世應罕青字名狀人空瞻永叔明誠及夾漈集古金石窮該兼臚列箴銘暨款識

横陳斲開和仝蕭胡為至寶反棄豈捃摭磨蟻捐
烏蟠又聞朱張遊嶽麓霽雪天風飄佩蘿搜奇索
秘跡欲徧春倡撻和詩無厭七日崎嶇信有覯一
字青禋寧忩拈非闢嶧嵲阻登陟定是藤葛籠竅
覘好古予生嗟太晚拜嘉君覘情深忺老眼增明
若發覆尺喙禁斷如交符七十七字犖螭虎三千
餘歲叢蛇蝌憶昔乾坤漏息壞蕩析蒸庶依笒摻
帝嗟懷襄咨文命卿佐浲洞分憂惔洲并渚混没
營窟鳥迹獸远交門擔堨來南雲又北夢盈罄西

被仍東漸黃熊三足變態服白狐九尾歌麗衲後
棄包湖受玉籙前列溫洛呈疇占永奔竄舞那辭
胝平成天地尤垂謙華嶽泰衡祇平定贊塞昏徙
逃禹喚文章絢爛懸日月風雲呵護環屏黔君不
見周原石鼓半已泐秦垌詛楚今皆殲此碑雖存
豈易得摩有嵐瀉峰嵯巖覺音變絕桯藜藿吊影
颼瑟森構柟湘娥遺珮冷班竹山鬼結旗零翠蔹
造物精英忌發洩秖恐羽化難留淹欲摹墨本鐫
崖壁要使好事傳緗縑著書重訂琳瑯譜褒帖新

爲覓神碑夏后銘丹梯陡絕屢迴經危峰拔地雄
南楚遠水蟠天漾北溟緲爾城寰猶列俎飄然身
拱此孤亭九州何處罡風吐環珮空疑拱萬靈

禹蹟亭讚 明吉宣王時奉命祭掃祖塋登山

勒讚

大哉神禹中天而興洪水方割懷山襄陵受帝明
命夙夜匪寧九載疏鑿四海底平遺跡麓巔萬代
崢嶸奚啻覲龍華翰綸音稽首闕誦仰止儀刑

讀禹碑 朱士景

罡風挺護此神碑曠代依稀一見奇金簡不傳人
已朽赤文空著石猶危週迴磨蟻蒸湘雨斑剝苔
虬嶽麓詩選勝頻來追往事隔江漁火動歸騎

禹碑 車以遵

嶽麓岣嶁孰假真數行溪見水精神辛壬癸甲無
多日泥欙舟車載一身蒼水元夷曾授簡宣房漢
帝但沉薪黄虞遠矣思明德北海碑前說主臣

讀禹碑 吳樸

神碑搜嶽頂竹杖引罡風入耳疑天語驚怖詭鬼

工嵐光搖碧落江色渚沉空不盡低回處安瀾萬世功

讀禹碑　吳倫

絕磴穿空出摩娑禹蹟真雲流詳體致波折認形神詭鄘翻滋臆原頭亘可詢山靈關顯秘竟古日如新

讀禹碑　陳哭

躋磴披嵐意渺然進疑身在碧雲天孤帆的的平沙鵰遠樹離離隔暮烟蝌蚪何年開勝蹟河山猶自非遺編懸知此合情無極多恐閒心愧昔賢

望岣嶁碑　朱君壽

金泥玉檢授馮夷蝌蚪文章古篆奇欲叩水經探禹蹟岣嶁石窟認殘碑

讀禹碑　胡爾愷

崔嵬欲近天門影古色臨空照翠巒飛磴星躔開百丈危端壁落掛千盤蒼虬霧濕霏青玉鬼谷風寒駕赤鸞獨上振衣悲斷碣涼生海色路漫漫

過嶽麓登禹碑亭絕頂同揭仲宣鄭紉魏吳

去慵焉棖公周聖生　儁徐芳

拂衣穿翠磴盤礴出雲霄不毀千春石更呼幾代樵宇摩蒼蘚駁亭望古城摇漁渡烟波上先嘯未覺遲

國朝

摹刻禹碑于大別山城　毛會建

天地有大文嶽瀆走萬里天地有至文蝌蚪分十指人知造化功不知疏鑿理亦聞鬼神泣不聞呵護此大矣神禹碑一篇治水紀參身鳥獸門欽哉承帝旨遑遑嶽麓庭爵塞昏咸徙嶽瀆得其位萬國多受祉回首羽山陰功臣而孝子其字七十七一字將一咫形模大奇特結撰無定止拳蝌與倒薤落落差堪擬顧公具卓識云乃法流水譯文有三家用修說近是碑在峋嶁峯崔嵬白雪裹高萬八千丈凡蹤不可跂藤葛久封埋蒼碧滋內美韓張號訛奇披尋亦徒爾不意何賢良樵豎相引使攀巖還越澗一見生狂喜市歷愼臨摹體畫皆逼似他日重追尋迷不復見矣爰刻嶽麓山舊觀擲

何修駿駿千百年歇渺成亥豕雲霧覆其頂虎豹踞其顚竭誠事祭告乃得一錯趾神物相護持赫赫良有以予登衡嶽巔努力還至彼懸梯作鉤填意象宛在紙凜凜不敢留歸舟快無比寢食與周旋晨昏爲尊禮荏苒兩春秋私心不自揣還刻大別山髣髴稱其體有譯復有跋其幅差小耳憶昔導水時大別禹所抵山高而水長精英常亹亹况當名勝地遊觀徧遐邇四千年來物茫此其人鬼江漢繞烟波瀟湘結蘭芷徽徽一片石亦與水終始

前題　顧龍裳

皇哉天地始作經操筆不知誰氏史蟲鳥跡傳金玉書禹功昭錫無疆祉大文閱歲凡幾千原本應先謨典祀岣嶁毛子特好奇生而嗜古眞如飴鄂笠周身托人外山川精爽開心脾知者謂司神化府不知者曰雲水凝祝融峯高炎帝纇絕地九千三百丈潛變秘惟陰霧封俗物排徊不敢上毛子練骨如霜烱手攀藤蘿足躡泉出沒靑冥逐魍魎

翻身直到神君前夜半起看紅日煜海霞摩盪烟
暘谷更招紫蓋訪元夔呴嶁峯頭括胸日晶光能
抉罔象幽衡陽之雲一瞬收十九年垂七十字精
嚴威實艮難讐毛子拂拭再審視意參經營鬼物
愁不覺躊躕遂滿志作者元氣來相求膽過于身
神在腕垂若周鼎輕吳鈎如鷙斯擊鳳斯舉如虎
斯嘯龍斯遊法力奇巧更奇變是豈人功之所侔
大別山頭一片石蝌蚪森森峡波赤北地英靈至
自南神鰲守護終無射

前題　　　管　點

天荒劈破古曼邈浩劫空旋失雅老兩間草昧開
文明橫流匝地如烟掃尼父刪書自唐虞二典巃
嵸發奇嶔荒度八載歸禹功四瀆五嶽青矯矯傳
聞南徐炎帝鄉呴嶁山雲鑴潔皎洗潑七十餘字
模李斯細兒不克討祗識其入頗遷跡龍護龜伏
霧光宵千年萬年苔花斑剝落蒿藤費訂考倉頡
巳矩羲皇崩史籀石鼓空表表科蚪寒鱗蝕陰霞
一片虛白穿蕪縞不知石紐渺何從霧突日竄嘗

堅好祝融峯高火龍韓粘天纍㔾衡郴繚元夔使
者捧精晶金壺玉斫壽而保已見九咢禦魑魅更
此碑兵燹傾倒忽肰毛公要領齊輕砂大石鏝梨
蒙毁書撰盡懽抱高手筆規倣製神巧象誕鐘王
心血枯對之野燒焚瑤草嶽麓移于大别巔糺礴
酋崒郪洲島怪雨酸風掣蛟螭菁華不竭天地寶
寄言黃鶴與白雲蓮宮石室須吏小
毛子霞臨禹碑縮篆刻石大别山和諸公詩
陶汝鼐
河圖用七居南午龜負靈文作書祖南嶽峯頭治
水碑坎離交孕文中古七十七字竹書前萬入千
吏朱陵天嶽靈閟秘徙於麓飛來壁亦封蛟涎毛
公治詩兼治書縱觀禹蹟搜蟲魚披榛大叫手摹
畫蝌斗競落神有餘載過瀏心照江水蝘蜓視龍
波不起靜中鈎勒如邛泥鬼斧巉巖透生紙攜來
大别琢青珉蛟螭小縮姿橫陳有如九咢夏初鑄
萬象攝入爐冶新此事非關巨靈作子霞賭古思
河雒龜峰還似負書時七七衍圖　元白錯勒迴南

紀莫滔滔千載江皐振衡霍

毛子霞摹刻禹碑于大別山　夏嘉瑞

何年神物顯晦非偶明德元圭此外無有天作毛公四千年後如燈能傳如永能守蛇虎荆榛其來已久鈎勒猛悍靈威悉肘昔嶽麓庭今大別首河山重輝斗星無鄗電走雷奔百億萬壽

前題　郭金臺

衡嶽古峯七十二高文獨重神禹碑天下奇士誇麓筆就中見者心欽持或云碑在岣嶁穴拳科倒

薤工摹碣云何紀宿嶽麓庭四字不磨山不滅我昔讀書山半寺窈窕一窓雲嫵媚清秋時見元鹿遊胎息碑庭護奇字神物之傳繫兩公前歸楊公今毛公楊公辨識有其眼一洗俗學開朦朧卓哉毛公更才傑手勒其文置大別鐫篆大篆列小碑班駁龍螭擅其絕由來古蹟非定本禊帖黃庭亦增損能事爭傳無古今匠意經營自溟穩騷人并是瀟湘客覽徧三湘還七澤南國滔滔江漢流萬古長沙一片石

禹碑　沈一揆

平成績奏幾千年石壁遺文尚宛然豈是後人偏好事應知古聖示心傳龍蛇影動雲烟亂珠露光凝日月懸愧我讀書無萬卷空來擬議未能詮

禹碑亭　黃性震

翳昔發河洛天地衍大文囘溯一畫初混沌從此分昏墊苦未除方割憂正殷高山大川間荒度八載勤元圭迄告成績勤南衡君科斗七十七亭虛翁氛氳自足蹝鑿理篆法流水致糾蟠掣蛟螭剝

落老烟雲霧奇斯可怪勞闢電雷隱劾泐畱詮譯竪義如所云胡然紫霄峯六字僅有聞

拜禹王碑　朱前詒

我聞大禹治水坤道寧岣嶁山上勒石銘蝌蚪篆文人莫識唐時道者昭其靈昌黎韓子推天寶托之翰墨彰肇造閱世至宋二百年此碑隱秘江山好寧宗嘉定歲壬申賢良何致才絕倫撰奇尋訪人衡嶽摹出霧文驚鬼神携來嶽麓刊諸石見者聞者皆咋舌楊慎沈鎰譯其文夏后如椽七十七

從此碑篆四海推搨來敬奉鎮炎蒸余亦何幸牧
星諸今朝瞻仰岣崔嵬久路嶮山行易倦轉美高
飛鳥太同觴日頹亭有石壁齊心頂禮神禹筆讀
之凛凛肌粟生更聽山人話雷擊洵乎石上有裂
紋始識靈奇赫濯蹟噫嘻再拜别禹碑褰衣徙步
循迴透清風拂拂飄輕絡白雲冉冉度層堺歸歟
未盡登臨思坐看蒼巒月上晴

岣嶁碑磴歌　　李先登

攀岣嶁起長謳載陽春日是耶非耶前芳草爲誰

稀美人美人寧式微
岣嶁碑上莓苔蝕岣嶁碑下杜蘅碧美人美人何
日歸水遠山長猶是謳

禹碑歌　　趙寍

吁嗟嶽麓兮何獨七十二峯之一乎一麓可以當
全嶽吞吐日月凌虛無下有湘流映空碧上有蒼
碑古篆神禹謨蟲書蝌蚪成點畫字青石赤爲形
模手摹心維不能讀事嚴跡閟誠非誣憶昔堯咨
舜徽平水土辛壬癸甲勞江湖元彜使者授簡策

蕩若不驟走天吳至今七十餘字垂萬載雲封苔蝕懸崖孤我家宛委之山下玉函石室藏金符宜遊此地觀奇蹟使我側身南望懷仙都龍騰鳳舉競馳驟人間何用簿方壺茲碑不啻希世寶精光倒射滄溟枯平成功奏協天地蟲簳黃熊九尾狐鬼神呵護石無泐直同河洛陳疇圖徘徊長嘯向天際但見洞庭秋靄飛蒼梧

長沙嶽麓山有石碑七十餘字傳是大禹治水過衡時所刻之石作禹碑詩

劉左光

流聯羽山陽水功禹所恥貢熊不戀山鑿罪死於水天傷孝子志金簡授蒼使洞庭來船蟻苛文秘岳嵋蓁莽數千年蒼翠紛內美羽隱合樵栖其才多高士不然此神物遺遇何秘蒐韓張仕宦人窮幽未必爾七十餘字中虎螭亦虛擬徘徊嘉定年鸞飄市曆紙風雨天瞻明封剝四百紀於爍昔肅皇龍御郢中起茲書亦乘運顯晦有妙理青字傳鳥爪篆咻說篆占卓識顧尚書辨歸流水是創議

洗秦厲眼光出亥豕焦思十三年皇哉夏后氏亞
區文字間亦與水終始

讀禹碑　　羅才微

麓峯高處拔神碑絕壁摩娑古篆奇驂駁碧霞停
赤帝策陳蒼水授元奠千秋蝌蚪侵風雨一片琅
玗列虎蟠虬憶平成當日事坐看雲海漫支頤

讀禹碑　　余瑜

拂拭殘雲讀禹碑平成還憶錫圭時三湘永奠湖
南水八載弘開大夏基字挾風霜鳴虎豹文成珠
玉走蛟螭於今不共乾坤老百𭄉重來共賦詩

禹碑歌　　金德嘉

祝融聳蒼天溟濛神禹碑在岣嶁峯萬八千丈青
芙蓉七十七字藤蘿封螺書匾刻雀融蹲拳蝌倒
薤森戈鋒韓劉蒐討殊難逢何物蜀士傳臨邛致
亭南軒躋山衡千尋萬索心忪忪嗚呼此碑嶽麓
重蠱如徂徠祠代宗何君勒石依蒼松其下般二
蟠蛟龍維昔疏鑿洲渚塗黎身鳥跡無春冬南瀆
析亨初啓萬世永賴隨刊庸我行望嶽期扶筇